FOLIO CADET

Ce livre a été spécialement conçu par le Prince
de Motordu et par sa femme, la Princesse Dézécolle,
enseignante. Il est destiné à l'usage des petites billes
et des petits glaçons tordus pour qu'ils marchent droit
à l'école. Il a reçu l'autorisation de diffusion
dans les écoles par les extincteurs de l'Éducation
nationale et les groseilliers pédagogiques.

Mis en couleurs par Alexis Ferrier

Maquette : Karine Benoit

ISBN : 2-07-255270-2
© Éditions Gallimard Jeunesse, 1996, pour le texte et les illustrations
© Éditions Gallimard Jeunesse, 2003, pour la présente édition
N° d'édition : 135809
Loi n° 49-956 du 16 juillet 1949 sur les publications destinées à la jeunesse
Premier dépôt légal : mai 1996
Dépôt légal : février 2005
Imprimé en France par I.M.E

Pef

Les aventures de la famille Motordu

GALLIMARD JEUNESSE

AVEC...

Nid de Koala

Le Prince de Motordu...

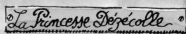

La Princesse Dézécolle

Marie-Parlotte

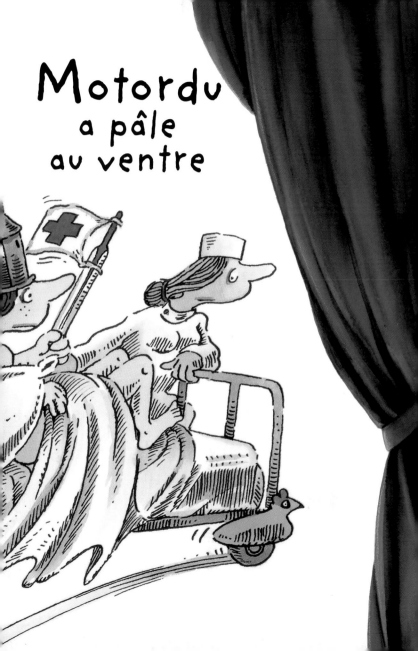

Motordu
a pâle
au ventre

Genoux blêmes ?
Ai-je bien entendu ?
Madame, mon oreille,
Qu'est-elle devenue ?
Ce n'est rien beau Corneille,
Je vous aime, ai-je dit,
Et non pas : genoux blêmes.
Ce haut mal, ce problème,
Tout n'est que mots tordus !

signé Madame de Sévigné

enfin, je crois…

Ce jour-là les deux enfants du Prince de Motordu et de la Princesse Dézécolle étaient bien tristes. Il pleuvait fort et le tonnerre grondait :

– Quel ogre rage ? demandait la petite Marie-Parlotte.

– C'est clair, nous ne pourrons sortir du chapeau, se lamentait son frère, le petit Nid-de-Koala.

– Père, voulez-vous jouer avec nous ?
s'écrièrent alors les deux enfants.

Pour eux, Motordu était toujours disponible car son travail princier consistait surtout à passer ses sodas en revue et à saigner à l'encre rouge…

... quelques papiers importants !

Motordu

– Bien sûr, mes enfants. A quoi voulez-vous donc jouer ? Au jeu des petits chevaux ? Au jeu de doigts ? Au jeu de lames ?

– Non, crièrent Marie-Parlotte et Nid-de-Koala en se jetant sur lui. A la butte ! Le premier qui se retrouve sur votre haut a gagné !

Ce fut une belle bagarre à trois. Jambes et bras mêlés tournoyaient.

La Princesse dut se fâcher :

– Jeux de moulins, jeux de vilains ! Avez-vous fini de faire les flous ? Vous me donnez le tournis !

– J'ai gagné ! hurla sa fille. M'avez-vous vue, mère ?

Mais la Princesse Dézécolle fronçait le sourcil :

– Qu'avez-vous, mon cher Prince ?

Motordu se releva. Son visage était tout blanc :

– Ouillouillouille, j'ai pâle, j'ai pâle au ventre !

– Ne tombez pas dans les pommes, asseyez-vous sur cette fraise, lui conseilla la Princesse. Je vais appeler le docteur Demoux. Ce ne sera pas long !

Mais le Prince finit par s'impatienter :

– Demoux tarde à venir, je vais l'assaisonner, celui-là !

— Allons, allons, fit la Princesse, il a dû recevoir beaucoup d'appels, à cause de cette épidémie de tripes.

Dès son arrivée, le docteur ausculta le Prince :

— Mais qu'avez-vous mangé à midi, s'enquit-il. Des sardines mal triées, des œufs qui n'étaient pas faits ?

– Euh, du civet et des coquillages, répondit le Prince après avoir bu le menu.

– Civet, coquillages… eh bien, vous avez lapin dix huîtres, annonça le docteur. Il faut vous souffrir le ventre à l'hôpital !

La Princesse qui ne s'inquiétait pas facilement avait pourtant l'alarme à l'œil. Elle appela une ambulance et prépara la valise du Prince.

— Puisque vous allez vous faire au béret au moins vous serez à l'abri du froid, dit la Princesse.

— N'oubliez pas ma chemise de huit, recommanda le Prince qui dormait au moins huit heures par nuit.

Mais il rassura aussi ses enfants :

— Mon absence ne sera pas longue. Soulagez votre mère en ne laissant pas régner vos affaires !

L'ambulance démarra à toute vitesse en utilisant son puissant avertisseur : « Plein pot… Plein pot… Plein pot… ! »

Obligé de voyager bouché, le Prince ne vit rien du paysage, mais à l'hôpital, on lui donna la plus belle chambre, la douze, équipée d'un poste de mêlée, fort précieux, pour que le Prince puisse suivre en direct les matches de rubis.

Un professeur vint l'y voir et l'avertit :

– Nous allons vous opérer, cher Prince. Mais rassurez-vous, vous ne sentirez rien !

– Vous allez me boucher le nez ? s'inquiéta le Prince.

– Mais non, on va vous endormir, vous compterez les moutons de blouse de l'infirmière. Et quand vous vous réveillerez, tout sera fini !

Le Prince était épouvanté :

– Je serai mort ?

– Pas encore, assura le chirurgien, vous serez mort-de-danger, c'est-à-dire que le danger sera mort. Et vous, vous serez sain et sauf !

Le Prince en eut tout de même la chair de poule.

Alors on l'installa sur un lit à poulettes et on l'emmena jusqu'à la salle d'opération.

Les infirmières s'y livraient à de savants calculs pour que tout se passe bien.

Pour la première fois elles allaient opérer un Prince, mais celui-ci les rassura :

– N'ayez pas le crac, je suis tordu mais solide !

L'anesthésiste fit une piqûre à Motordu avec une seringue équipée d'une aiguille de bain :

— Ça baigne, Prince ?

— Oui, articula faiblement ce dernier, je compte les mous… les thons… tous les monts… rrr, rrr…

— Écoutez-le, fit l'anesthésiste, le patient est âne, niais,
très scié !

— Vous voulez dire anesthésié, rectifia une infirmière.

— Que voulez-vous, admit un docteur, ce Prince est très contagieux. Nous aurions dû protéger nos oreilles pour les mettre à l'abri de tous ces mots tordus.

Puis le chirurgien ouvrit le ventre du Prince de Motordu pour en retirer lapin, dix huîtres et un tout petit bout d'intestin coupable de tout ça !

Pendant ce temps la Princesse avait rejoint l'hôpital avec Marie-Parlotte et le petit Nid-de-Koala.

– L'entrée est interdite aux enfants ! annonça l'infirmière.

– Mais, ce ne sont pas des enfants, répliqua leur mère. Il ne s'agit que d'un petit glaçon et d'une petite bille !

La surveillante n'avait jamais vu de glaçon en salopette ni de bille à cheveux longs.

– C'est bon, concéda-t-elle. Ça roule la
bille, au fond, le glaçon !

Les deux enfants serraient bien fort la
main de la Princesse.

– Mais enfin, maman, qu'est-ce que ça
fend ?

— Eh bien, expliqua leur mère, à l'hôpital, il y a d'un côté les maladies et de l'autre les malades. Un produit spécial, désinfectant, mais très odorant, sert à les séparer. C'est ce produit qui fend l'hôpital. En deux !

— Alors, on nez du bon côté, se rassura Nid-de-Koala, puisque je sens le produit.

— Chambre douce, nous y sommes, annonça la Princesse.

Le Prince était couché sur son nid, un peu pâle :

– Normal, annonça-t-il, j'ai perdu mes douleurs puisque j'ai été opéré ! Quel jour sommes-nous ?

– Mardi, précisa la Princesse, mais ne vous en souciez pas. Vous êtes ici pour vous soigner.

– Je ne vais tout de même pas rester dans cette chambre jusqu'à la sain Glinglin, protesta Motordu.

Le petit Nid-de-Koala saisit la feuille de température de son papa et plaisanta :

— Trente-sept degrés ? Je constate que vous avez mis un terme, ô maître, à la fièvre !

Le Prince pouffa mais grimaça tout aussitôt :

— Ne faites pas éclater de rire la petite couture que j'ai sur le ventre !

— Vous mangez bien, au moins ? demanda la gourmande Marie-Parlotte.

— Vous savez, à l'hôpital, on a son plat tôt. Et ce n'est pas bien fameux. Potage de l'écume. Amer ! Une tranche de champ. Bon, pas terrible !

— Voulez-vous faire quelques pas dans le couloir ? proposa son épouse.

— Ce n'est pas de refus, accepta le Prince, mais attention : baignoire obligatoire !

On lui tendit ce vêtement blanc et le Prince fit une courte promenade. Il se sentait de meilleure humeur mais la fête lui tournait un peu.

Cela lui fit grand bien car il put mesurer qu'il n'était pas le plus à peindre.

Triste tableau que celui de la souffrance humaine : il croisa un homme qui avait de grosses quintes de poux et un autre qui se déplaçait avec de bêtes quilles pour s'être cassé les oreilles du pied gauche.

Puis il revit son chirurgien qui lui déclara :

– J'ai réussi cette opération. Je suis tombé juste. C'était bien l'appendicite. Mais pendant l'anesthésie vous avez un peu déliré. A vous entendre, il paraît que vous habitez

dans un chapeau et que vous gardez
un troupeau de boutons.

– Pardon, pardon,
corrigea le Prince, il
ne s'agit pas de boutons
mais de mous-thons.

– C'est bien ce que je pensais, ajouta le
chirurgien, un troupeau de moutons.

Le professeur l'autorisa à quitter l'hôpital le jour même.

Le Prince prit congé de son voisin de chambre, un chauffeur de taxi qui s'était un pneu cassé la jante en montant sur un trottoir.

Dans la voiture de la Princesse, Motordu lut un panneau : « Hôpital, ortie. »

Il déclara qu'il fallait être complètement piqué pour rester dans un tel lieu.

– Vous vous trompez, cher père, rectifia Marie-Parlotte, il s'agit du panneau « sortie ». Il manque la première lettre.

Le Prince rit de bon cœur :

– Comme quoi même tordu un panneau peut nous mener tout droit hors de cet hôpital.

Puis il sourit :

– Sortie ou ortie, peu importe. La vie est pelle mais je ne vais pas jardiner tout de suite. Je dois d'abord me recauser. Parole de Prince !

C'est ainsi que Motordu retrouva son chapeau, heureux de ne plus être salade.

Mais il garda longtemps une pensée reconnaissante envers tous ceux qui s'étaient occupés de lit.

Né en 1939, fils de maîtresse d'école, **Pef** a vécu
toute son enfance dans des cours de récréation.
Il a pratiqué les métiers les plus variés comme
journaliste ou essayeur de voitures de course.
A trente-huit ans et deux enfants, il dédie son premier
livre *Moi, ma grand-mère…* à la sienne, qui se
demande si seulement son petit-fils sera sérieux
un jour. C'est ainsi qu'il devient auteur-illustrateur
pour la joie des enfants et invente en 1980 le Prince
de Motordu, personnage qui sera rapidement une
véritable star. Lorsqu'il veut raconter ses histoires,
Pef utilise deux plumes : l'une écrit et l'autre dessine.
Depuis près de vingt-cinq ans, collectionnant
les succès, Pef parcourt inlassablement le monde
à la recherche des « glaçons » et des « billes »
de toutes les couleurs, de la Guyane à la Nouvelle-
Calédonie, en passant par le Québec ou le Liban.
Il se rend régulièrement dans les classes pour
rencontrer son public auquel il enseigne la liberté,
l'amitié et l'humour.